DANIELLE V. M. CARVALHO

DITADO POR SANTIAGO

CB004914

A ESCOLHA DE NICK

ILUSTRAÇÃO: RAFAEL SANCHES

boa nova
editora

Nick é um menino bastante levado, travesso mesmo! Sabe aquela pessoa que não para quieta, que não obedece e não gosta de fazer o que os outros pedem? Este é o Nicolas, cujo apelido é Nick, um garoto que, entre uma travessura e outra, mostra que, no fundo, tem um bom coração.

Nossa história começa numa tarde de inverno, quando Nick foi ao mercado com sua mãe, dona Lúcia, comprar legumes, verduras e macarrão para fazer uma sopa. Mas não era uma sopa para ele. (Nick não gosta da sopa da mamãe, acredita?) A sopa, na verdade, era para os moradores de rua e outras pessoas necessitadas.

No mercado, dona Lúcia pediu:
— Nick, me ajude a escolher as cenouras mais bonitas?

— Para que cenouras? Não gosto de cenouras!

— Você não gosta, mas os moradores de rua não se alimentam bem e precisam das vitaminas que a cenoura oferece. E, olha, não fale assim, porque as cenouras são muito gostosas, viu?

— Está bem, está bem! Mas só as cenouras — respondeu Nick, já de mau humor.

— Nada disso, me ajude também com as batatas!

— Ah, manhêêê, eu disse que só ajudaria com as cenouras. Por que a senhora quer batatas? — perguntou Nick, fazendo um pouco de manha.

— Porque as batatas nos dão energia, são saborosas e têm carboidratos.

7

— Está certo. Então vou te ajudar a escolher as batatas, mas para você fazer batata frita pra mim!

— Ontem você já comeu batatas fritas, filho. Não podemos comer nada em exagero, faz mal!

Depois disso, Nick e sua mãe continuaram a escolher diferentes tipos de legumes e verduras também: pegaram abobrinha, chuchu e espinafre, e ainda arroz, feijão e mandioca. Quando chegaram ao setor de massas e macarrões, Nick pediu:

Sopa de Letrinhas

— Mãe, podemos levar o pacote de macarrão de letrinhas para colocar na sopa?

— Por que você escolheu este de letrinhas?

— Não sei, acho que é por ser mais divertido!

Já em casa, dona Lúcia pegou um panelão, e começou a cortar os legumes e as verduras. Em seguida chamou Nick, que estava assistindo TV:

— Nick, por favor, venha me ajudar a fazer a sopa! (O que você acha que ele respondeu?)

— Não posso, estou ocupado!

— Ocupado com o que, meu filho? — perguntou dona Lúcia.

— Mãe, estou assistindo à série de que eu mais gosto no FL Channel, é o Galaxy Toys!

— Nick, por favor, venha me ajudar, filho!

— Ah, não, mãe!

— Nick, Nick, venha até a cozinha.

Precisamos conversar sobre algo importante, meu anjo!

— Tá bom, mãe! Já vou.

Graças à insistência e ao jeitinho carinhoso das palavras de dona Lúcia, ele concordou em desligar a TV e foi até a cozinha. Ao chegar, sua mãe perguntou:

— Nick, você se lembra das verduras e dos legumes que compramos hoje?

— Sim, me lembro.

— Vamos fazer uma sopa bem gostosa com eles?

— Ah, mãe, não quero! Não gosto de legumes e verduras! E muito menos de sopa!

— Então sente-se e me ouça com atenção, querido: hoje você vai aprender um pouco mais sobre o livre-arbítrio.

Nick se acomodou rapidamente na cadeira e fixou os olhos em dona Lúcia, que, tirando uma batata da sacola, perguntou a ele:

— Está vendo esta batata?

— Sim, é uma batata grande e bonita! Fui eu mesmo que a escolhi!

— Esta batata foi plantada, colhida, lavada. Depois foi para o mercado para ser vendida. Lá você a escolheu e a trouxemos para casa, certo?

— Certinho, mãe!

— Pois então, agora nós podemos fazer com ela a comida que quisermos. Escolheremos um entre vários pratos que podemos fazer, não é? Quais deles você conhece?

— Eu sei que podemos fazer batata frita, assada, cozida, purê, escondidinho de carne moída, pão de batata e sopa — respondeu Nick, interessado na conversa.

— Você concorda que podemos fazer muitas coisas gostosas com a batata, não concorda? Desse mesmo jeito, também podemos escolher o que fazer com nossas vidas, todos os dias: podemos estudar, brincar, trabalhar, cantar, dançar, fazer amizades e outras coisas boas. Por outro lado, também é possível ficar só na preguiça, pensando bobeiras, só dormindo, só assistindo TV, só jogando videogame ou, pior ainda, entrar nos vícios. A escolha é nossa! E olha: além de tudo isso que falei, podemos fazer algo muito importante, que é ajudar quem precisa. Nós escolhemos o que fazer conosco do mesmo modo como escolhemos o que fazer com a batata. Há várias opções e caminhos!

— Você sabe quais são as melhores escolhas, mãe? — perguntou o menino, curioso.

— Nem sempre sabemos quais são as melhores opções, e é só depois que escolhemos que iremos saber se foram, de fato, as melhores ou não. Ainda assim, antes de fazermos uma escolha, devemos sempre pensar no bem de todos! Hoje, por exemplo: você tem a opção de me ajudar a fazer a sopa em vez de ficar só na frente da TV.

— Mãe, mas eu não gosto de legumes e verduras; não quero fazer a sopa!

— Tudo bem. Hoje sua escolha foi a de não me ajudar, mas quem sabe amanhã você queira me auxiliar, não é mesmo?

Amanhã também será meu dia de fazer sopa!

— Prometo que vou pensar, mamãe — respondeu Nick.

O menino então voltou à sala e assistiu ao programa de TV, conforme havia escolhido. Mais tarde tomou banho, jantou e esperou com a mãe pelos voluntários que foram buscar a sopa, pois ela seria distribuída naquela mesma noite. Após tudo isso, Nick finalmente foi para o quarto: era hora de dormir.

Já na cama, antes de adormecer, Nick fez uma oração. Nela, pediu a seu anjo protetor e a Jesus que o fizessem ter uma noite tranquila e de bons sonhos. Nick orou ainda pela proteção de sua família. Logo depois, pegou no sono rapidinho.

Assim que adormeceu, Nick viu ao seu lado seu mentor, Miguel, um jovem de sorriso bondoso, vestido de calças jeans, camiseta e tênis. Ele ficou muito contente ao perceber quanta luz havia à sua volta!

Miguel sorriu e cumprimentou o menino:

— Olá, Nick, tudo bem? Vamos passear? Quero te levar para conhecer um lugar especial, onde você aprenderá várias coisas! Vamos?

Nick, muito feliz, respondeu:

— Oi, Miguel! As lições que você me ensina e os lugares aonde me leva sempre são muito legais!

Miguel, franzindo a testa, comentou:
— Então trate de colocar em prática tudo o que aprende durante o sono!

— Mas eu não me lembro de tudo.

— Quando você acorda, aparentemente se esquece, mas os ensinamentos sempre ficam registrados lá no fundo, dentro de você. E tudo de bom que é aprendido tem de ser praticado. O que lhe ensinamos é para o seu bem. Ah, quero ainda te contar que estou muito feliz porque você tem pedido proteção antes de dormir. Isso é muito bom e me ajuda também; sabe por quê?

— Não sei. Eu não sabia que as minhas preces te ajudavam!

— Ajudam, e muito, porque a prece abre caminhos. Ela constrói uma ponte de luz entre nós. Assim, consigo chegar ainda mais rápido até você.

— Então você consegue atravessar a ponte de luz do lugar onde está e se aproximar de mim?

— Isso mesmo! E, quando você faz uma oração, fica todo iluminado também! Está vendo como é bom orar?

— Que legal! Devo ficar parecendo uma estrela radiante ou um cometa de luz!

Miguel se divertiu com a comparação do menino:
— Ah, isso sim, fica mais parecido com um cometa! Mas agora eu quero te levar até o lugar de que falei.

Miguel pegou na mão de Nick e, com a velocidade do pensamento (e como é veloz o pensamento!), chegaram a uma casa bem simples, onde dormiam três crianças. A mãe delas estava muito preocupada porque a comida havia acabado e ela não teria o que oferecer aos filhos no dia seguinte.

A mãe das crianças, dona Sônia, fez uma prece pedindo a Jesus que a ajudasse, acordou a filha mais velha e pediu a ela que tomasse conta dos irmãos menores, porque iria sair em busca de algum alimento.

Por meio da prece daquela mãe, os amigos espirituais a intuíram para que saísse de casa a fim de procurar o que comer. Foi neste momento que Miguel falou aos ouvidos de dona Sônia:

— Vá até a rua das Margaridas, lá você encontrará o alimento de que precisa.

Nick presenciou a cena e ficou maravilhado. Ele viu uma luz intensa de várias cores saindo do peito de Miguel em direção a dona Sônia! Logo depois que ele lhe falou aos ouvidos, ela partiu rumo à rua das Margaridas. Nick e Miguel a acompanharam.

Dona Sônia acreditou que a ideia havia vindo somente dela, mas na realidade Miguel havia participado: ele tinha sido uma das ferramentas de Deus que tornaram possível o sucesso da prece que dona Sônia havia feito a Jesus.

Na rua das Margaridas tinha muita gente, uma fila enorme em frente a um galpão. Miguel explicou:
— Aqui, todas as noites, é oferecido alimento aos necessitados.

— Miguel, olha lá aquela senhora distribuindo a sopa! É a dona Angélica, amiga da minha mãe — observou Nick.

— A dona Angélica está distribuindo a sopa que sua mãe fez hoje —respondeu Miguel.

24

— Não acredito!

— Pois pode acreditar, irmãozinho! Observe quantas pessoas estão na fila e poderão se alimentar, inclusive dona Sônia, que vimos em casa, sem nenhum alimento!

Nick olhou o tamanho da fila e comentou:
— Miguel, estou arrependido por não ter ajudado a mamãe a fazer a sopa; quem sabe ela poderia ter feito mais se eu tivesse ajudado?

— Eu não disse que você iria aprender muito hoje?

25

— Bem, mas pelo menos estou feliz porque a dona Sônia
conseguiu chegar até aqui e poderá levar sopa para casa.
E muito graças à sua ajuda, não é, Miguel?

— Minha ajuda só foi possível por meio da prece que ela fez.
Você se lembra da ponte de luz?

— Sim, essa lição eu aprendi: por meio da prece vocês conseguem
chegar pertinho da gente e nos auxiliar!

— Isso mesmo!

Miguel sentiu que havia algo de errado com Nick e perguntou:

— Você parece estar triste, Nick. Está aborrecido com alguma coisa?

— Estou arrependido! Deveria ter ajudado minha mãe a
fazer a sopa! — respondeu nosso amiguinho meio tristonho.

— Mas, Nick, tenho certeza de que os filhos de dona Sônia vão adorar a sopa de
letrinhas feita com o macarrão que você ajudou a escolher. Lembra?
O anjo da guarda, vendo os olhos de Nick brilhando mais forte, propôs:

— Vamos combinar uma coisa?

— O quê? — falou Nick, mais animado.

— Você ajudará sua mãe a fazer a sopa e a distribuí-la também, o que acha? Estou
certo de que assim o seu arrependimento vai passar!

— Combinado!

— Mas é para cumprir! Hoje você aprendeu uma lição preciosa sobre a caridade: que
precisamos ajudar nossos irmãos necessitados a seguirem
seu caminho, ajudá-los a tornar mais fácil o que é difícil. Mas agora
vamos embora; preciso te levar para casa. Porém, antes, vamos passar
na casa de dona Sônia.

Lá chegando, viram que a mãe antes preocupada dormia tranquila: no almoço do dia
seguinte as crianças teriam o que comer. E essa tranquilidade
era ainda mais profunda — dona Sônia agora sabia que, caso voltasse a
não ter comida em casa, poderia contar com o auxílio de irmãos que
tinham optado por fazer o bem, decidido praticar a caridade, bem ali,
na rua das Margaridas, ao servir sopa!

Os dois voltaram felizes para casa. Miguel ajudou Nick a se acomodar em seu corpo e descansar, afinal, havia passado por uma noite cheia de emoções.

Na manhã seguinte, Nick acordou muito feliz. Levantou-se e foi correndo até onde a mãe estava para contar o que havia acontecido durante a noite.
Depois de falar tudo, Nick perguntou a ela:
— Mãe, quando você vai fazer a sopa de novo?

— Hoje, meu querido, é o meu dia de fazer sopa novamente.

— Quero ajudar você a escolher os ingredientes. Posso? — perguntou o menino, todo empolgado.

— Pode! — respondeu dona Lúcia, cortando os pães para o café da manhã.

— Quero ajudar a distribuir a sopa também. Posso?

— Claro que pode! Vamos falar com o pessoal que trabalha na distribuição; com certeza vão adorar ter sua ajuda. Que sonho bom você teve! Mas agora tome seu café da manhã e, depois, direto para a escola!

— Mãe, acho que não foi só um sonho... Tudo foi muuuuuito real!

À tarde, mãe e filho foram novamente ao mercado comprar ingredientes para a sopa que seria distribuída à noite. Nick foi escolhendo:
— Vamos pegar cenouras, que têm betacaroteno e vitaminas, espinafre e feijão, que têm bastante ferro, abobrinha e chuchu, que são ricos em fibras, sem esquecer as batatas e o arroz, que dão energia! Ah, não podemos deixar para trás o macarrão de letrinhas para as crianças!

29

30

Na fila para a sopa, Nick viu um grupo
de crianças que estavam alegres porque teriam
uma refeição bem gostosa e cantavam assim:
— Arroz, feijão, batata e macarrão!

Ele ficou feliz em ver a felicidade das crianças.

Sem ser notado por Nick, Miguel
os acompanhava e sorria, muito feliz
e orgulhoso do menino.

Nick não só aprendeu que a caridade
faz bem para quem a recebe, mas
também para quem a pratica. Compreendeu ainda
que devemos sempre seguir pelo caminho do bem
na hora de fazermos nossas escolhas. E,
além de tudo isso, nosso amiguinho percebeu
que alimentos como verduras e legumes
são muito bons para a saúde: foi assim
que passou a tomar e gostar muito da sopa com
macarrão de letrinhas da mamãe!

DANIELLE V. M. CARVALHO

Nascida em São Paulo (SP), Danielle teve uma infância marcada por uma mescla de tradições religiosas. Aos 12 anos, teve o primeiro contato com o Espiritismo, quando sua mãe, de fé católica, passou a frequentar a Seara Bendita Instituição Espírita. Esse encontro com a Doutrina Espírita foi o ponto de partida para uma jornada que moldaria profundamente sua vida. Casada e mãe de duas filhas, ela dedica grande parte de seu tempo aos cuidados com a filha mais nova, que tem desenvolvimento atípico.

Desde criança, Danielle demonstrava uma sensibilidade especial para questões espirituais e uma empatia natural pelas outras pessoas. Essas características a atraíram para a Área de Infância e Juventude da instituição espírita, onde começou a trabalhar aos 19 anos. Ao longo desse tempo, dedicou-se a evangelizar crianças e jovens.

Em 2006, Danielle começou a psicografar, canalizando as mensagens do espírito Augusto Cezar Netto, mentor da Área de Infância e Juventude da Seara Bendita. Seus livros em parceria com Augusto são repletos de sabedoria e inspiração, tendo cativado um público cada vez maior. Além disso, ela também recebeu mensagens do espírito Santiago, um jovem ligado à mesma área, ampliando assim sua contribuição para a literatura espírita.

Além de se dedicar à evangelização e à psicografia, em 2012, Danielle também começou a trabalhar na área espiritual da casa, buscando orientar companheiros carentes e necessitados de esclarecimento, sendo essa tarefa uma fonte constante de aprendizado e desenvolvimento pessoal.

Ao longo de sua jornada, Danielle escreveu e publicou dez livros espíritas infantis, todos contendo lições de amor, caridade, fraternidade e espiritualidade, destinadas a crianças de todas as idades.